JÉSUS

ET

LE JÉSUITE

POÈME

Dédié à l'Anti-Concile de Naples

MARSEILLE

IMPRIMERIE COMMERCIALE J. DOUCET

7, rue Moustiers, 7

—

1869

JÉSUS

ET

LE JÉSUITE

POÈME

Dédié à l'Anti-Concile de Naples

MARSEILLE

IMPRIMERIE COMMERCIALE J. DOUCET

7, rue Moustiers, 7

1869

JÉSUS

ET

LE JÉSUITE

Première Partie

JÉSUS

I

Apôtre du pardon et de la charité,
Qui dans un merveilleux *Sermon sur la Montagne*,
Avec une onction que la grâce accompagne,
Prêchas la loi d'amour et de fraternité,
D'Israël endurci victime légendaire,
Qui, brisant ton cercueil et prenant ton essor,
Montas, Transfiguré radieux du Thabor,
Vers le Dieu bien-aimé, que tu nommais ton père ;
Humble Nazaréen, immortel prolétaire,
Au front resplendissant d'une auréole d'or,
Dont le cœur de tendresse enfermait un trésor ;
Salut, à toi, salut, grand martyr du Calvaire,
Toi, qui des Pharisiens, à l'hypocrite abord,
Méprisant la grandeur, repoussant l'opulence,

Avec une vigueur qu'on se rappelle encor,
Châtias, fouet en main, l'orgueilleuse insolence,
Qui domptas le brutal appétit de la chair,
Blâmas les vanités dont le mondain est fier,
Aux terrestres splendeurs préféras l'indigence,
Qui menaças les grands, les riches de l'enfer,
Et proclamas bien haut que quiconque se sert,
Pour gravir les degrés de la toute-puissance,
D'un fer ensanglanté doit périr par le fer ! ! !
Salut, salut, à toi, qui naquis sous le chaume,
Et de ton Paradis as promis le royaume
Au simple, à l'ignorant, au pauvre, au malheureux,
Ayant, seuls, droit d'entrer au séjour des heureux ! ! !
Salut, législateur, courant de ville en ville,
Plein du Dieu qui t'inspire, apporter l'Évangile,
Laissant venir tous les petits enfants vers toi,
Et courbant la raison humaine sous la foi ! ! !
Salut, ô doux pêcheur qui dis à tes apôtres
Ces mots touchants : *Il faut s'aimer les uns les autres*;
Prophète repoussé des murs de Nazareth,
La natale cité de Joseph et Marie,
Qui, t'exilant aux bords du lac Génésareth,
Prenais dans tes filets les Juifs de Samarie ;
Séduisant orateur, qu'un peuple fasciné
Par le charme enivrant d'exquises paraboles,
Suivait avec amour, au désert entraîné,
Comme manne céleste accueillant ses paroles,
Idolâtrant *Celui* qui, pour calmer sa faim,
Savait multiplier le poisson et le pain,
Et vint porter, changeant la face du vieux monde,
Sa Révolution, moralement profonde,
Celui qui de l'Esclave a brisé le lien,
Et qui fit s'écrier à l'apostat Julien,

Quand d'une main mourante, à son heure dernière,
Vers l'Olympe désert il lançait la poussière :
— « Christ triomphe : tu m'as vaincu, Galiléen !
— Il régnait, en effet, Christ le Nazaréen ! ! ! — »
La persécution, le cachot, le martyre,
L'esprit persuasif, la douceur, les vertus
Des premiers et fervents disciples de Jésus,
De Constantin devaient lui soumettre l'empire.
Christ venait, ici bas, d'un monde trop charnel,
Sur l'esclave abruti, la femme ravalée,
S'arrogeant sans remords, un pouvoir criminel,
Anéantir la race impie, étiolée,
Qui condamnait l'ilote au travail manuel ;
Race d'iniquités et de vices comblée,
Vil troupeau d'Épicure, atteint de clavelée,
Se prosternant devant l'Olympe sensuel.
— Christ venait détrôner la Gomorrhe, adulée
Par les Païens déchus, la Rome maculée
De l'infect bas-empire, opprobre universel,
Et dont le Césarisme était un monstre tel,
Qu'à ses derniers excès la débauche acculée,
N'a plus été, depuis deux mille ans, égalée.
Chassant de leurs autels tous les Dieux vermoulus,
Les Chrétiens, dévorés, torturés ou pendus,
Du Paganisme allaient clôturer les annales,
Et mettre, au nom du Christ, un terme aux Saturnales,
Aux débauches sans frein des peuples dissolus,
Adorant les Nérons et les Hélagabales,
Des peuples répondant, par de honteux abus,
Aux dépravations de ces Sardanapales,
Aux monstruosités des mœurs impériales,
Joignant des impudeurs, qu'on ne reverra plus.

II

Lorsque de Bethléem l'aube pure et modeste,
Qu'annonçait vaguement le poète latin,
Dont la Virgilienne églogue nous l'atteste,
L'aube, que des pasteurs saluaient un matin,
Aux regards des Gentils, à l'horizon lointain,
Plein des sérénités de sa lueur céleste,
Se montra tout-à-coup, il était manifeste
Qu'il avait tout conquis, les armes à la main,
L'invincible soldat, qui s'appelait Romain.
Il semblait au premier abord inattaquable.
Sous le joug souverain d'un pouvoir implacable,
La Louve altière avait passé le genre humain.
Ce vaste remueur de pierres, sous Auguste,
Enchaînait à son char les peuples et les rois,
Couchait les nations dans le lit de Procuste,
Et l'univers, craintif et soumis à la fois,
De Tite et Cicéron, de Lucrèce et Salluste,
Voyait régner la langue et les mœurs et les lois.
Mais dans ce corps trompeur, les poisons de Locuste,
Ce célèbre génie, aux criminels attraits,
Dont les Césars goûtaient les terribles secrets,
Sous le règne infâmant d'un Claude ou d'un Tibère,
S'étaient profondément chaque jour infiltrés.
Du géant affaibli voyez aussi les traits ;
Il dépérit, malgré son apparence fière.
Tâtez son pouls, son cœur ; observez-le de près.
Sa virilité fausse et sa vigueur factice
S'en vont sous l'action délétère du vice.

Il se dit éternel ; il se proclame fort.
Mais d'abjects Empereurs le servile colosse
Est atteint jusqu'aux os de vétusté précoce.
Examinez-le bien ; vous verrez sans effort
La vie à la surface et dans le fond la mort.
L'athlétique dompteur de toute race humaine,
Que stigmatiseront Tacite et Juvénal,
Dans une grave histoire et dans un vers brutal,
Lui-même est dévoré de morale gangrène.
Le poison quelquefois l'assoupit et l'endort ;
Mais ce sommeil fébrile, agité de remord,
Pour l'esprit attentif, trahit sa fin prochaine.
Comme un sapin géant, à l'aspect mensonger,
Rome s'élève, aux yeux imposante et robuste.
Mais du temps et des vers le sapin est rongé,
Et Rome a d'un cancer le sein tout ravagé.
Le grand peuple est vieillard ; le grand arbre est arbuste.
Un coup de hâche à l'un donnera le congé ;
Pour tuer l'autre, il faut l'apostolat d'un Juste.

III

En Judée apparut ce Juste, qui tenta,
Plein de sa mission, qu'il savait noble et sainte,
Contre le monde ancien un profond coup d'Etat.
Ce moraliste, exempt de reproche et de crainte,
Après avoir prêché sa Réforme, monta,
Héroïque martyr, la croix du Golgotha.
Pour laisser à la terre un code digne d'elle,
Une religion, que son cœur lui dicta,
Qu'un admirable excès de tendresse enfanta,

Douce religion, bien plus pure et plus belle
Que celle du *Coran* et du *Zend-Avesta*,
Il fallait qu'au gibet, dressé sur la colline.
Christ souffleté reçut la couronne d'épine,
Que d'un culte nouveau ce fondateur puissant
Eût l'immortalité du Baptême de sang.
A ce prix seulement, l'homme, que son génie
Transformait, adora sa mission bénie,
Et la croyance en lui dans les cœurs éclata.
De la chrétienne foi le règne se prépare.
Le Paganisme, usé par le temps, se hâta
De disparaître au fond du ténébreux Tartare ;
Et ce vieil univers, dont le Christ nous sépare,
De son souffle fécond, il le ressuscita,
Comme de son cercueil il fit sortir Lazare.
Son spiritualisme immortel arrêta
Sur les bords de l'abîme un peuple qui s'égare,
Un peuple encore esclave, à l'écorce barbare.
Noblement exalté par un souffle d'en haut,
Christ se sacrifia pour émanciper l'homme.
Par sa vie et sa mort, il civilisa Rome,
Et répandit partout l'Evangile nouveau
Qui rayonna, comme un resplendissant flambleau,
Livre tel, que jamais sous le céleste dôme
L'humanité ne lût un ouvrage si beau.
Sur le sein tourmenté du terrestre royaume,
Où la Force domine, où la Justice chôme,
Où des vertus en deuil la voix n'a plus d'écho,
Où le Crime a tué le droit dans son berceau,
Où tout en pleurs, ayant à peine un toit de chaume,
Innocence et *faiblesse* (ô douloureux symptôme !!!)
Implorant le suprême asile du tombeau,
Errent en peine, ainsi que ferait un fantôme,

Christ, le consolateur du pauvre, lui, qu'on nomme
L'appui du faible, et qui voit l'aigle orgueilleux, comme
Il voit des mêmes yeux un humble passereau,
Christ de l'égalité va passer le niveau.
— Non, plus d'*ilote-enclume* et de *tyran-marteau* !
Plus de bêtes de proie et de bêtes de somme !
Plus d'*espèce-victime* et d'*espèce-bourreau !*
Il est temps que de Dieu le dessein s'accomplisse,
Et qu'elle s'ouvre enfin, l'ère de la justice !!

IV

Tombez, temples païens de Delphes, de Délos,
De l'Olympe chantant la légende divine !!
Brisez-vous, bas-reliefs en marbre de Paros,
Racontant les exploits des dieux et des héros,
La vaillance de Mars, les douleurs de Lucine,
La gloire d'Apollon, le rapt de Proserpine,
Bacchus et son triomphe, Hercule et ses travaux,
Et Junon orgueilleuse, et Vénus libertine,
Dans l'antre flamboyant Vulcain tordant le fer,
Orphée avec son luth attendrissant l'enfer,
Neptune et son trident, calmant le flot qui gronde,
La nymphe reposant dans la grotte profonde,
Le gâteau de Cerbère et la barque à Caron,
Le Cocyte, et le noir empire de Pluton,
Et la faucille d'or de la Bonne Déesse,
Et le cerf que poursuit la Belle Chasseresse,
Et Minerve, sortant du front de Jupiter
Avec son bouclier, son casque et la sagesse,
Et la flûte de Pan, qui soupire au désert,

Et Castor et Pollux , jumeaux pleins de tendresse,
Et Ganymède et l'aigle, et le nectar d'Hébé,
Ainsi qu'Endymion et la pâle Phœbé !!!
Disparaissez devant Jésus qui vous condamne,
Autels chers à Bellone, à Cérès, à Diane !!!
Ecroulez-vous, frontons, piliers et chapiteaux,
Voluptueusement fouillés par des ciseaux ,
Dont la perfection enrichit l'art profane !!!
Nombreuses Déités des champs, des bois, des airs,
Qui vous prêtiez si bien aux charmes de l'idylle
Et dictiez les beaux vers d'Horace et de Virgile,
Laissez là pour toujours vos domaines déserts ! ! !
Votre règne est passé, cherchez un autre asile ;
Vos poètes chéris vont cesser leurs concerts.
La source, le roseau, l'antre frais et tranquille,
Les fleuves, les forêts, les bois inhabités,
Ne seront plus peuplés de vos divinités.
Ne prophétise plus, poétique Sibylle ! !
Toi, fuis le sanctuaire, à jamais délaissé ! !
Le trépied délirant n'est plus pour toi propice.
Par la fureur d'un Dieu saintement oppressé,
On ne pourra plus voir le sein de Pythonisse.
Ne fouille plus dans les entrailles des oiseaux
Pour lire l'avenir, hypocrite aruspice ! !
Ne faites plus couler le sang des animaux,
Flamines sans pitié, qui plongiez les couteaux
Dans le ventre fumant de la jeune génisse,
Pour apaiser par la vapeur du sacrifice
Des êtres, comme vous fourbes et dissolus ! ! !
Eteignez vos flambeaux, prêtresses de Vénus ! !
Interrompez la folle ivresse de la danse,
Libidineux troupeau, bacchantes en démence,
Qui d'un peuple friand d'orgiaques festins,

De ce peuple amoureux des plaisirs libertins,
Le thyrse en main, menez la Bacchanale immense ! ! !
Robustes ponts, jetés hardiment sur les flots,
Croulez, et brisez-vous, consulaires faisceaux ! ! !
De vos débris, palais, thermes, arcs triomphaux,
Bornes, du sol Romain qui marquiez la distance,
Jonchez, jonchez la terre avec magnificence ! !
Forum et Panthéon, effondrez-vous ! ! ! Et toi,
 Géant que dans sa force et son omnipotence,
 A pour se divertir construit le peuple-roi,
Toi, dont le sable a bu la sanglante rosée,
Arène largement par le meurtre arrosée,
Où l'esclave expirait pour charmer les regards,
Où des gladiateurs, avec leur grâce aisée,
Mouraient en saluant la loge des Césars,
Qui livraient les chrétiens aux dents des léopards,
Tombe, tombe, il le faut, barbare Colysée ! ! !
Que tes vastes gradins croulent de toutes parts ! ! !
Que par les coups du temps ton arche soit brisée !
— Et vous, déguerpissez, habitants libertins
D'un Olympe, criblé des traits de la satire,
Vous, méprisés du sage et raillés des malins ! !
Vos excès scandaleux ont détruit votre empire ;
Vous n'avez plus aucun crédit sur les humains.
Chacun de vous a l'air narquois d'un vieux SATYRE ,
Et vous ne pouvez plus vous regarder sans rire.
L'aube de Bethléem a grandi. Des Romains
Jésus, en expulsant chaque menteuse idole,
Vient déloger Jupin-Stator du Capitole,
Et balayer, à grand renfort de coups de gaule,
Des pontifes plaisants, affublés d'oripeaux.
Pan est mort, enterrant les vétustés païennes.
Un autre ciel s'entrouvre ; et les races humaines

Ne verront plus des dieux, aveuglés de bandeaux,
Distribuer partout de leurs mains souveraines,
De leurs injustes mains, d'inégalités pleines,
A leurs adorateurs, infortunés vasseaux,
Les maux ou les bonheurs, les plaisirs ou les peines,
Ou la misère ou l'or, ou l'amour ou les haines,
Aux uns les voluptés, aux autres les cachots,
Aux maîtres les palais, aux esclaves les chaînes,
A ceux-là le repos, à ceux-ci les labeurs,
Pour les élus, le char triomphal des splendeurs,
Aux parias, la mort des roches Tarpéiennes.
— Fatalement courbé sous le poids du destin,
Le mortel, inquiet, hésitant, incertain,
Marche à tâtons, au sein d'une nuit trop profonde.
Il croit que le hasard dirige seul ce monde.
Ce lamentable état de choses va finir.
Ce globe doit cesser d'être l'inique gouffre,
Où le tyran cruel, qui jouit, prend plaisir
A raffiner les maux d'un ilote qui souffre.
Saintement pénétré d'un sublime mandat,
A tous les opprimés Christ dit : *Sursum corda*.
L'homme est libre : je viens anéantir les castes,
Et d'un monde vieilli clôre les jours néfastes.
A l'espérance ouvrez vos cœurs, ô malheureux,
Que la misère au front a marqués d'un stigmate.
Oui, de vous affranchir de tout joug je me flatte,
Moi, qui viens de mourir pour vous tous ; moi, qui veux
Que l'homme se redresse et relève la tête,
Pour regarder le ciel sa future conquête.
J'aurai bientôt raison, avec ma croix de bois,
D'une société, caduque et décrépite,
Par tous les travailleurs de l'univers maudite ;
Et mes disciples vont la réduire aux abois.

De ma naissance doit dater la nouvelle ère ;
Je tiens à ce qu'au nom de la Fraternité,
Au nom de la Justice et de l'égalité,
Ma Révolution soit faite sur la terre.

LE JÉSUITE

V

Vous avez dit du Christ la mission. — Fort bien.
Mais croyez-vous avoir parlé comme un chrétien ?
D'hypocrisie au fond votre légende est faite.
Vous appelez Jésus, réformateur, prophète,
Législateur, louant par trop son rôle humain,
Pour mieux détruire en lui le côté tout divin.
Je trouve la méthode usée et déshonnête.
On embrasse d'abord le Christ.... et puis, la main
Sur son gibet sanglant de nouveau le soufflète.
A votre orthodoxie infligeant la sellette,
Je veux vous rendre vite et confus et capot.
Je flaire vaguement en vous un hérétique.
Vous avez beau singer l'air mielleux d'un cagot ;
Un seul coup d'œil suffit pour comprendre bientôt,
Que vous avez sucé le lait philosophique,
Que vous êtes railleur, voltairien, un un mot ;
Et que votre savoir sacré sent le fagot.
Voyons, expliquez-vous sur la foi catholique ?
Pas d'ambages surtout. Déroulez, faux dévot,
Les trésors mensongers de votre scolastique.
Peut-on bien vous nommer Romain apostolique ?
Le Rédempteur pour vous (et c'est ici le lieu
De parler sans détour) était-il *Homme* ou *Dieu* ?

Etes-vous pour saint Luc, saint Marc ou saint Mathieu ?
Adoptez-vous l'apôtre appelé *synoptique* ?
Saint Jean l'évangéliste, à la langue mystique ,
Vous plaît-il mieux ? En grec, en latin, en hébreu,
Lisez-vous des auteurs chaque texte authentique ?
Etes-vous imbibé d'esprit théologique ?
Puisez-vous le savoir dans saint Thomas d'Aquin,
Ce merveilleux docteur, cet ange de l'école,
Qui nourrit le moyen-âge avec sa parole,
Saint Athanase, saint Bernard, saint Augustin ?
A son dogme, à sa loi, nôtre mère l'Église
Exige, veut une âme absolument soumise ?
Possédez-vous cette âme, avec l'humilité
Qui convient au chrétien, plein de docilité ?
Saint Pierre, de Jésus cette pierre angulaire,
Assit ses successeurs sur un roc éternel,
Leur léguant le pouvoir avec les clés du ciel ?
Pour vous, du Christ le Pape est-il bien le vicaire ?
Malheur à qui conteste un aussi grand mystère ! !
Oui ? non ? l'admettez-vous ? et de la papauté
Vous courbez-vous devant l'infaillibilité ?
Rejetez-vous le dogme absolu de la *Grâce* ?
Et les bienfaits nombreux des doctes fils d'Ignace ,
Les niez-vous, avec les loyales vertus
De la société , qu'on nomme de Jésus !
Sur cette compagnie illustre , Pascal Blaise
Commit un pamphlet, qui sur sa mémoire pèse.
Blâmez-vous, comme lui , l'œuvre de Loyola,
Chevalier de la Vierge , ascète de Maurèze ,
Dont le cœur enflammé d'amour divin brûla,
Mystique en ses transports comme sainte Thérèse ?
Sur les *Trois* qui font *Un*, Père, Fils, Esprit-Saint ,
Sur la mère du Christ , la Vierge immaculée,

Sur les bienheureux, dont la légende est peuplée,
Que dites-vous encor ! Du moine et capucin
Raillez-vous le pieux, surtout l'utile essaim ?
Repoussez-vous, avec nos modernes impies,
De nos couvents nombreux les grandes œuvres pies ?
Parlez du Bernardin et du Dominicain,
De l'Augustin, du Carme et du Bénédictin,
Du Trappiste, Chartreux, Prémontré, Franciscain !
Quelques mots, s'il vous plait, et sur la chanoinesse,
Et sur la Carmélite, et sur la Minimesse,
Et sur la jeune nonne, et sur la mère abbesse !!
Ces vierges du Seigneur, ces filles de Sion,
Divin sérail du Christ, vases d'élection,
Par leur piété, leurs airs pudiques et modestes,
Leurs chants mélodieux, leurs cantiques célestes,
N'émeuvent-elles pas l'imagination,
En ouvrant votre cœur à la componction ?
Du missionnaire, allant vers tout lointain rivage
Prêcher des mécréants, niez-vous le courage ?
Que pensez-vous aussi du frère Ignorantin ?
De ces instituteurs méprisez-vous la caste ?
Et pouvez-vous douter que le frère soit chaste,
Parce qu'à bout parfois poussé par un bambin,
Pour mieux discipliner l'espiègle et le mutin,
Sans être aucunement pour cela pédéraste,
Il se plaît à fouetter le derrière enfantin ?
N'êtes-vous pas touché des miracles modernes,
Des apparitions de la vierge et des saints,
Sur la colline, autour des grottes, des citernes,
Dans mille endroits sacrés, de leur présence pleins !
Suivez-vous quelquefois nos fervents pèlerins,
Qui s'en vont, équipés de bourdons et de gourdes,
De médailles en plomb les poches toutes lourdes.

2

Et comme de nouveaux croisés ceignant leurs reins ,
S'agenouiller à la *Salette* ou bien à *Lourdes* ?
Tous ces miracles là, les traitez-vous de bourdes ?
De Pibrac, louez-vous la bergère ? Aimez-vous
Saint Labre, offrant à Dieu sa vermine et ses poux
En deux mots, êtes-vous Athée ou Catholique ?
Pour le *Progrès moderne*, ou pour le *Pape-Roi* ?
Je vous nomme chrétien, si vous avez la Foi ;
Si vous ne l'avez pas, je vous nomme hérétique.

VI

Pour comprendre Jésus et le livre sacré,
S'il faut connaître à fond la langue de Moïse,
De grec et de latin s'il faut être bourré ,
S'il faut savoir par cœur les Pères de l'église,
Pour être proclamé bon et parfait chrétien ,
Penser en catholique, agir en honnête homme ,
Séparer de l'erreur le vrai, le mal du bien ,
S'il faut de saint Thomas approfondir la *Somme*,
Du sein de tes enfants, ô catholicité ,
Vu l'ignorance crasse où je vis, je dois être
Impitoyablement pour toujours rejeté ;
Et je sens que jamais je ne saurais connaître
Celui que le Saint Père appelle divin maître.
J'ai perdu tout mon grec , et mon peu de latin ,
Qui ne vaut pas celui d'un simple sacristain ,
Est encore inférieur au latin de la messe.
Quant à l'hébreu, ma foi, hautement je confesse
Que cette belle langue est bien pour moi l'hébreu.

J'en ai su dans ma vie un peu, bien peu, si peu,
Qu'il vaut mieux avouer de suite, humble profane,
Que je suis là-dessus aussi savant qu'un âne,
Et qu'un âne bâté. Je ne sais rien, rien, rien,
Pas même déchiffrer le vieil Egyptien
Comme Champollion, pas même le Syrien ;
Ni Persan, ni Chinois, ni Turc. — Je sais à peine
Qu'on parle quelque part la langue Thibétaine.
Honte !! le vide est tel dans mon stérile esprit
(*Horresco referens !*) que jamais il n'apprit
Une ligne, une phrase, un seul mot de sanscrit.
N'est-ce pas de ma part une insigne démence
D'oser, avec un tel bagage de science,
Interpréter ici l'évangile du Christ ?
Eh bien. oui, je l'aurai, cette sotte jactance ;
Et je veux même encor pousser l'irrévérence
Et l'incrédulité, jusqu'à jeter mon cri
De réprobation, contre un Catholicisme
Que le père Hyacinthe, en un récent écrit
Flétrissant à bon droit un culte qui périt,
Baptisa de son nom : Impur *Pharisaïsme*.
De vaine scolastique et de docte fatras,
D'infolios poudreux, beaux de galimatias,
Ma poésie ignare, armée à la légère,
Dans ses alexandrins ne s'alourdira pas,
Pour lutter corps à corps avec son adversaire.

V11

Dans ces temps d'examen, de doute, de raison,
Où, s'imposant partout, domine la science,

L'homme a de son esprit élargi l'horizon.
Il ne veut relever que de sa conscience ;
Il veut, il doit penser en toute liberté.
Dans l'intellectuel domaine, avec fierté ,
Repoussant tout pontife et toute providence ,
Maîtresse entièrement, plane sa volonté.
Dans le monde moral sans entrave il s'élance ;
Ce monde,— il est à vous tout aussi bien qu'à moi.
Mais je ne reconnais à personne le droit
De borner ce royaume et de le circonscrire.
Aujourd'hui catholique, ou juif, ou luthérien
Sont libres de tout croire ou de ne croire rien. .
La raison, souveraine, exerce son empire ;
Et l'homme, à ce sujet, de tout chef, Pape ou Roi,
Repousse impunément les ordres et la loi.
Au giron Papalin me voua ma naissance ;
Mais vers l'amour du bien on guida mon enfance ,
Et de bonne heure aussi l'on sut former mon cœur
Aux superstitions, au mensonge, à l'erreur.
L'étude et ma raison, qui croissait avec l'âge ,
Joints à l'expérience, ont achevé l'ouvrage.
Et je fus, jeune encor, justement révolté
Contre la momerie et la stupidité.
Par un peu d'eau, de sel, de crème et de salive,
L'Eglise de mon âme a bien fait la lessive.
J'ai besoin toutefois d'un baptême nouveau ,
Pour avoir la blancheur de l'âme d'un dévot.
La mienne , je le crois , est noire d'hérésie ;
Et pourtant de remords elle n'est point saisie.
Saint Paul n'at-il-pas dit qu'en tout temps , en tout lieu ,
Le cœur de l'homme juste est agréable à Dieu ?
Comme cette doctrine est celle d'un apôtre,
Je l'adopte et la suis ; — elle vaut bien la vôtre.

Si je veux mériter le titre de chrétien ,
Je dois honorer Dieu simplement par le bien.
Tantôt , m'interrogeant , vous disiez : je vous somme
De déclarer bien haut , sans ambiguité ,
Si le Nazaréen à vos yeux n'est qu'un homme ,
Ou bien si vous croyez à sa divinité.
Homme ou *Dieu* — Répondez, *oui*, *non.* — Votre réponse ?
— La voici. Contre Dieu , dans Christ , je me prononce ;
Je ne reconnais pas en lui le Rédempteur ;
Je ne vois en Jésus que le Réformateur.
Cet homme, je l'admire, et l'aime, et le vénère.
— Mais le Dieu..., c'est celui qu'il appelait son *Père.*
Repoussant le péché de la création ,
Qu'ai-je besoin alors de la Rédemption ?
Et même en admettant la faute originelle,
Sur l'univers entier pourquoi pèserait-elle ?
Pour un fruit défendu, qu'on goûte au Paradis ,
Pourquoi les fils d'Adam seraient-ils tous maudits ?
Allons donc ! à la Bible abandonnons sa pomme !!
Ce vrai conte enfantin fait rire aujourd'hui l'homme.
Quoi !! Christ est assez bon de descendre ici-bas
Offrir à l'Eternel sa vie et son trépas ,
Parce qu'Eve a croqué dans le temps des reinettes !!!
Franchement, dans un coin laissez-là vos sornettes.
La science nous rend graves ; on ne peut pas
Devant ce fait bouffon ne point rire aux éclats.

VIII

La légende du Dieu mourra , mais non l'histoire
De l'homme. Et tous les temps admireront Jésus.

Tous les législateurs, ici-bas apparus,
Zoroastre , Solon , Numa , Confucius ,
Socrate , Mahomet , n'égalent pas sa gloire.
Il les domine tous du haut de ses vertus.
Le monde, un peu sceptique à l'endroit des miracles,
A ceux du Rédempteur maintenant ne croit plus.
Tous ses sermons pour nous ne sont pas des oracles.
Né faillible, il n'est pas exempt de toute erreur.
Oui, sans irrévérence ainsi que sans aigreur ,
On reproche à Jésus, doux prophète mystique ,
Un esprit quelquefois un peu trop dogmatique ,
Quelques mots durs envers sa mère , un goût trop vif
Pour le recueillement, l'état contemplatif,
Une docilité marquée à se soumettre
Au César temporel, à rendre trop au maître,
Un idéal, de l'homme exigeant trop d'efforts,
Et rompant l'équilibre entre l'âme et le corps.
Ces imperfections peuvent fort bien s'admettre.
Christ ne fut pas sans tort , sans tache, sans défaut ;
Mais des humains il est le plus complet ; il faut ,
En s'inclinant devant ce grand nom , reconnaître
Qu'il fût aussi parfait que le mortel peut l'être,
Et que l'humanité n'a jamais rencontré
Esprit aussi sublime et cœur mieux inspiré.
Mais vous qui prétendez, ô race mercantile,
Suivre et continuer l'homme de l'évangile,
Vous qui voulez régner encor de par la croix ,
A l'admiration montrez-nous donc vos droits ?
Ces droits , vous les aviez aux premiers temps de l'ère,
Lorsque vous exerciez un pouvoir tutélaire,
Qu'avec le dévoûment, le cœur , la piété,
Vous guidiez les destins de la société ;
Lorsque par vos bienfaits sanctifiant le temple,

Vous étaliez au monde , en lui donnant l'exemple ,
L'évangélique état de votre pauvreté ,
Le spectacle touchant de votre charité ;
Vous les aviez , ces droits , quand votre monastère ,
Abritant du passé les précieux trésors ,
Pour faire triompher l'esprit sur la matière ,
Pour remplacer la nuit noire par la lumière ,
Et par le Bien, le Mal qui dominait alors ,
Au peuple , édifié d'une existence austère,
Prodiguait des élans de foi vive et sincère ,
Religieusement unissait ses efforts
Pour arracher le faible aux lourdes mains des forts ,
Du coupable priait pour racheter la faute ,
Protégeait le vaincu contre le dur despote,
Et dans le sanctuaire, en tous lieux estimé ,
Au brutal oppresseur enlevait l'opprimé ;
Ces droits, vous les aviez, quand de la barbarie
Votre foi contenait le flot dévastateur,
Lorsque vous remplaciez l'impure idolâtrie
Par un règne moral et civilisateur,
Qu'à tous les malheureux l'église ouvrait son cœur,
Source de charité, jamais alors tarie ,
Que son sein généreux offrait une patrie
A toute âme, sur terre, abattue et flétrie,
Que savait redresser l'espoir consolateur
Dans le Ciel d'un Dieu juste et rémunérateur,
Mais ces temps de l'église où, pure et magnanime,
On la voyait remplir sa mission sublime ,
Ces beaux temps , où sont-ils, prêtres du Vatican ?
Ces souvenirs sacrés, qui vivent dans l'histoire,
Sont bannis de vos cœurs et de votre mémoire.
De ces premiers chrétiens vous demander la gloire,
C'est vous demander : — OU SONT LES NEIGES D'ANTAN ?

La foi n'existe plus, et l'on a peine à croire
Que dans ce monde impie elle renaisse encor
Noûs ramenant les jours lointains de l'âge d'or ?

IX

Oui, depuis bien lontemps nous savons vos annales,
Et nous les connaissons, tous vos exploits sanglants.
Ils ont, dans l'univers, retenti vos scandales,
Cruels dominateurs, pontifes insolents.
Contre vous ont surgi de formidables plaintes ;
De malédiction ont éclaté les cris.
Désertant lâchement les causes les plus saintes,
De fastueux marchands ont trafiqué du Christ.
Joignant le goupillon au glaive de l'Empire,
Le successeur de Pierre, avide de pouvoir,
D'un *pouvoir temporel,* se hâta de construire
De splendides palais, marbre, or, jaspe, porphyre.
Sa sainteté, voulant sur un trône s'asseoir,
Allait bientôt forcer la pourpre impériale
A s'abaisser devant la tiare papale.
Que devinrent alors l'Évangile et Jésus,
Avec l'ambition, les vices, les abus,
Et les énervements lascifs de la mollesse,
Et les impuretés, où conduit la richesse ?
Christ s'enfuit indigné, lorsque le Vatican,
Dédaignant la morale et le saint Évangile,
S'empressa d'accepter les offres de Satan.
Loin de Rome, il alla chercher un autre asile.
Dans des princes, noyés au milieu des grandeurs,
Pierre eût-il reconnu jamais des successeurs ?

Et ne fallait-il pas à ceux-ci de l'audace,
Pour oser proclamer, publiquement, en face
De ce monde, éternel jouet des *charlatans*,
Qu'ils étaient bien du Christ les vrais représentants,
Et que de son apôtre ils occupaient la place ?
De ces Pasteurs chrétiens, maîtres de leurs troupeaux,
Qui devaient être doux comme agneaux et colombes,
On connaît les hauts faits. Certe, ils ne sont pas beaux.
Sur leur passage, ils ont creusé partout des tombes,
Largement accompli d'humaines hécatombes :
De leurs peuples partout implacables bourreaux,
Ils ont roué les corps et calciné les os.
Pas n'est besoin ici de rappeler l'histoire
Des massacres. Bien riche en est le répertoire.
Qui ne sait la façon, dont le prêtre romain
Accueillait la science et l'esprit d'examen?
Pour faire exécuter ses ordres sanguinaires,
Il anéantissait des nations entières.
Sur l'implacable arrêt du pape Innocent trois,
Les bandits de Montfort égorgeaient l'Albigeois ;
Et tout le Languedoc, traité comme hérétique,
Dut passer par la flamme et le fer catholique.
Le même sort barbare attendait les Vaudois,
Comme les sectateurs de Calvin, que la France
Tua dans une nuit de boucherie immense,
Nuit accueillie à Rome avec reconnaissance,
Lorsque la Catherine, indigne Médicis,
Apprit au Vatican les meurtres de son fils,
Que cette Florentine, ayant le diadème,
Au Pape fit savoir que la cour elle-même,
En ajoutant le crime à la dérision,
Avait voulu connaître, au charnier Montfaucon,
Où pendait en lambeaux la victime de *Besme*,

De Coligny sanglant *si le corps sentait bon.*
Sur ces forfaits, l'histoire a lancé l'anathème,
Comme sur les exploits des dragons de Villars,
Convertissant, le sabre au poing, les *Camisards.*
L'héroïque Jean Hus, ce martyr de Constance,
Dut, saintement, subir l'effroyable sentence.
De tous les grands penseurs, torturés, mutilés,
Mis aux fers, ou livrés aux bourreaux, ou brûlés,
Le nom impérissable est dans toutes les bouches.
Sur des autels, peuplés de grands juges farouches,
L'impitoyable Église à Jésus immola :
Vanini, Giordano Bruno, Campanella,
Arnaud et Rienzi, Prague et Savonarole,
Galilée, et tous ceux, qui, jouant un grand rôle,
Ont laissé dans l'histoire un lumineux sillon,
Comme de Domremy l'héroïne, dont l'âme,
Sur un bûcher dressé par l'évêque *Cauchon,*
S'évapora dans la fumée et dans la flamme,
Vierge portant le sceau des *Élus* sur le front.
Pendant longtemps régna l'auto-da-fé d'Espagne,
Dont l'inquisition, qui travaillait si bien,
Rôtissant l'Espagnol et grillant l'Indien,
En un vaste bûcher transformait la campagne,
Domptait par la terreur le peuple Italien,
Et torturait en France, ainsi qu'en Allemagne.
Mais le siècle vengeur, apparaissant enfin,
Enfante la réforme ;... et le faisceau se brise.
Aidés par Mélanchton, par Zwingle et par Socin,
L'impétueux Luther et l'austère Calvin
Rompent la formidable unité de l'Église.
A ton omnipotence, ô vicaire de Dieu,
A partir de ce schisme éclatant, dis adieu.
A l'érudition qui démolit, Erasme

Ajoute en persiflant l'esprit et le sarcasme ;
Et ce sarcasme là, faible encor et naissant ,
Ira de jour en jour, contre toi grandissant.
De l'expiation le jour fatal approche ;
De l'incrédulité l'homme sonne la cloche.
Contre Rome et son Pape, il va criant : *haro*.
A ces mots : *Écrasons l'infâme*, Diderot
Lève une armée, ayant pour général Voltaire ;
Et le rire, éclipsant celui des Dieux d'Homère,
Tonne, éclate, et du monde ébranle chaque écho ;
Et ce rire gaulois, puissant et satanique,
Fait crouler les remparts de la foi catholique,
Comme de Josué la trompette biblique
Renversait autrefois les murs de Jéricho.

X

L'Eglise à la science, à l'ironie en butte,
Que fait-elle au milieu de cette ardente lutte ?
Savez-vous ce que fait la catholicité,
Pour gagner la bataille ou retarder sa chûte ?
— .... Pour mieux consolider la foi, la papauté,
Pour bien moraliser toutes les consciences,
Et des tièdes chrétiens raffermir les croyances,
Elle adopte un nouveau culte, culte apporté
Par un saint, un grand saint, doux, mystique, exalté,
Qui va mettre sur pied une *milice noire*
Créée uniquement pour le pape et sa gloire.
Ce saint qui va sauver l'Eglise.... le voilà.
Inclinez-vous devant le tout puissant Ignace,
Ce saint plein de franchise, à la loyale face.

Voilà le vrai sauveur, c'est lui, c'est Loyola !!
Loyola, que Pascal, à l'effrayant génie,
Va marquer de son fer, tout brûlant d'ironie,
Loyola, dont l'Eglise écoutera la voix,
Qui sera de l'Europe expulsé bien des fois,
Loyola, rusé, fin et fort souple d'échine,
Qui dans les cours ayant les maîtresses des rois,
Lentement, doucement, en cachette, en sourdine,
Saura développer l'*élastique doctrine*,
Laquelle, s'infiltrant dans le corps social,
Changera tout, le mal en bien, le bien en mal,
D'une religion jadis évangélique
Faisant.... Vous l'avez dit... de la casuistique.
Oui, vive Loyola !! Nonotte et Patouillet
Vont travestir le Christ en un *père douillet*.
Honneur aux chapelets, médailles, amulettes !!
Et gloire aux petits saints ! Gloire aux petits Jésus,
Blonds chérubins frisés, sur la crèche étendus,
Qui dorment au milieu des églises coquettes !!
Resplendissantes d'or, d'argent, de diamants,
Et tenant dans leurs bras des poupons bien charmants,
Ignace Loyola, dans toutes ses chapelles,
Prodigue avec amour ses vierges les plus belles.
Il lui faut du joli, du fade et maniéré,
Et Mignard est par lui le peintre préféré.
— L'homme n'a plus la foi ; son âme est insoumise ;
On le voit chaque jour abandonner l'église.
Mais le prêtre a toujours la femme avec l'enfant,
Et parlà, Loyola peut être triomphant.
Ignace à sa façon pétrira donc l'enfance ;
Il *jésuitisera* fort bien les jouvenceaux,
En leur faussant la foi, le dogme, la science,
La droiture, l'honneur, le cœur, l'intelligence,

Faisant d'eux, des chrétiens, mi-mondains, mi-cagots,
Et bien plus composés de fourbes que de sots.
Quant à la femme, Ignace à sa coquetterie
Va s'adresser, ainsi qu'à son cœur maternel.
L'intéressante enfance est par elle chérie ;
Eh bien, d'enfants Jésus il peuplera l'autel.
Son esprit aime assez la sainte jonglerie ; .
Il est simple, crédule et superstitieux ;
Mais pour gagner son cœur il faut charmer ses yeux.
Par le clinquant pieux de la verroterie,
Des articles sacrés de bimbeloterie,
De tout mignons objets, pleins de dévotion,
Loyola de la femme, avec profusion ,
Saura fortifier le côté momerie.
Enguirlandant ses Saints, enjolivant ses Dieux,
Mignardisant son temple et pomponnant ses Vierges,
Par des fleurs, de l'encens, des chants mélodieux,
Les grâces de son luxe et l'éclat de ses cierges,
Par ses soins délicats, ses airs dévotieux,
Loyola séduira les femmes en tous lieux.
Saint Ignace, ayant nom *La Légion,* à Rome,
Par l'enfant a la mère, et par la femme, l'homme ;
Oui, l'homme. Habilement il lui dit : Viens à moi.
— Mais je suis peu croyant — mais je n'ai pas la foi.
— Viens tout de même à moi ; qu'importent les croyances ?
De toi, ce que je veux ce sont les apparences ;
C'est la forme. Le reste embarrasse fort peu ;
Tu peux même, en ton for intérieur, nier Dieu.
Oui, sois athée au fond ;... mais *hante ma chapelle,*
Et d'un parfait dévot étale aux yeux le zèle.
Va, je n'impose point à ta religion
Le jeûne, le cilice et la privation.
J'ai la manche fort large, et sais, comme tu penses,

Concilier le ciel avec les jouissances.
Je suis riche, en captant maints trésors d'héritier ;
Je puis donc t'enrichir et bien te marier.
Jésuite à robe courte, adopte ma morale.
Elle mène à tout ;... mais... *évite le scandale.*
Loyola, Loyola, vrai père d'Escobar,
Ton système est à jour percé de part en part !!
Et cependant, renard, compère apostolique,
Ton souffle fait mouvoir le monde catholique !!
La taupe ténébreuse a conquis le terrain ;
Le général de l'Ordre à Rome est souverain.
Et maintenant, jugez si la distance est grande,
Du Jésuite, au Jésus, dont on sait la légende :
L'un est béni partout ; partout l'autre est haï.
Christ règne encore. On veut détrôner Mastaï.

PAUL BERNARD,

Ancien Rédacteur de la VOIE NOUVELLE.

FIN.

Marseille. — Imprimerie Commerciale J. Doucet, rue Moustiers, 7.

.